三個不結婚的女人 ①

Three
Unmarried
Women

FACES PUBLICATIONS

『我是不得已才這樣做的!!』

『你騙人、你這個大騙子!!』

二姊 王思彤

擁有50萬訂閱的美妝Youtuber
戀愛觀：只打炮不談愛。

男主角真辣，好想睡他。

三妹 王思瑜

藝術大學戲劇系三年級學生
戀愛觀：我可以單身！
但我的CP必須結婚！

我比較想看他跟男二配！

大姊 王思榕

派出所基層警察
戀愛觀：愛情與麵包，當然是麵包重要。

我實在不懂妳們的帥點在哪？

對方是個罪犯欸，還滿口謊言。

三個個性不同的姊妹

興趣和想法都差異很大

唯一的共同點就是……

三個不結婚的女人①

*Three
Unmarried
Women*

ontents

個性不同的三姊妹—7

二姊的剪輯師—25

小妹的閨蜜—35

大姊的派出所同事們—45

最強經紀人—57

仰慕者學弟—67

大姊的派出所同事們 II—77

回家過年—95

青莊家—105

王小巴登場—113

迎新活動—127

採訪歌手—137

地獄廚房—147

鬼屋—157

畢業製作—169

Bonus Tracks—179

傷害不大，侮辱性極強

單純個性務實而已

不只是血汗錢

什麼都沒聽到

不必要的擔憂

是地區的問題

只是不想參與其中

防範未然

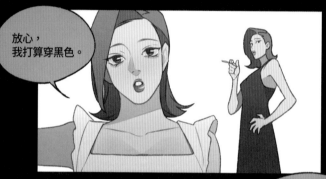

婚姻是愛情的墳墓

樂於活在幻想中

置身事外才能體會樂趣

長輩建言銘記在心

不要以為同性別腐女就想牽紅線

妳房間真的很亂耶，
地上還一堆頭髮……

那妳可以滾啊。

……

我的意思是……

妳可以用捲筒滾
地上的毛髮。

別誤會

又來了，
為什麼突然又是女主角擔心上年紀後嫁不出去的劇情，

一直安排這種情節不膩嗎？

作品總是要共鳴才有迴響嘛，

因為真的會這樣擔心的人很多啊。

老是描述這種，
沒對象好像人生就不完美的內容，

根本是在加深人類無謂的恐慌吧。

小瑜妳將來別寫這樣的劇本啊。

放心、我不會。

我的目標是打算寫出犯罪監禁BL PLAY，

然後找我喜歡的兩個男演員來演！

這個也別寫。

令人擔心的將來

是一個離美妝很遠的直男

非本身意願的技能增加中

不要在這裡找同好

5

不然交友軟體上的個人簡介都怎麼寫？

青莊哥覺得看到什麼內容會吸引人？

小瑜｜21歲

水瓶座　　大學生

右滑就告訴你財富密碼。

是被吸引了，但同時也很想檢舉。

算了吧，問一個對異性毫無興趣的人是得不到答案的。

妳這是偏見好嗎？我還是有一般人的判斷能力。

反正只要放好看的照片就可以了，他們也沒有要什麼內涵。

你才是偏見最深的人。

人類是視覺動物

經典橋段

免費的警察保鏢

海鮮菜館

感謝你願意
協助拍攝。

沒想到
會在交友軟體
上遇到彤彤的妹妹，

我很喜歡
看她的
影片。

她都是講美妝
你也有興趣看？

美妝會跳過，
但旅遊或餐廳介紹
那種會看。

抱歉、
我現在真的
很緊張……

可能講話會
有點語無倫次。

沒關係，
素人被拍會緊張，
很正常的。

片子到時會
給你確認，也會剪輯，
所以你不用擔心。

不是……
錄影我不緊張，

主要是那邊
有個警察一直盯著我
讓我感到莫名不安。

結果妳要上班，
已經配合選在妳巡邏的
『時段』跟『區域』了，

可以不要這樣
直勾勾盯著人家嗎？
很妨礙拍攝。

但我只有簽巡邏箱時
才能經過你們，
當然要趁這時，
仔細觀察個夠啊。

杞人憂天

雖然人不在，但想監視的心依舊存在

明知前方是火坑，依舊投入火場

絕對不會惹她

真·友情

常人難懂的情緒

愛好的「愛」

一廂情願的愛

7

茉萱，
來家裡玩呀？

榕姊姊好～
難得遇到姊姊休假，
之前來都沒見到！

➡ 準備去遛狗

妳大姊真的好帥，
完全是藝人的臉，

她都沒想過要
當模特之類的嗎？

沒有耶，甚至
也沒有察覺自己
長得好看……

她對人的容貌
好看與否很無感，
完全不在意。

她沒察覺，
但總會有人來
挖掘她吧？

有啊，
很多星探找過她。

但她一律都覺得
是詐騙集團。

桌上怎有
這些名片……

哇靠 !?
XX 公司 ???

路上有個陌生人
強塞給我。

還真的是非常
適合當警察呢。

防備心極強

彷彿信用卡讓妳刷爆的氣勢

EQ 高的標準

Chapter 4
大姊的派出所同事們

所裡只有大姊敢打

十分害怕

自從知道
成帝害怕的東西後——

110 有人企圖
跳樓自殺。

十樓好高……
完全不敢靠近欄杆……

收到！

110 求救報案
要去現場一趟。

我記得那邊好像是廢墟……
怎會有來電……

收到！

110 隔壁發出惡臭。

現場應該會有蟲吧……
啊啊啊……

收到！

好像都能
聽到他內心的 OS……

愛莫能助

不過了解恐懼
並非全是壞事，

之前遇過六樓要
跳樓自殺的人……

小姐！妳冷靜一點！

我不聽！
你們別想勸我，
這個世界不值得
活下去！

妳先聽我說——

這個世界值不值得活下去我不
清楚，但我想說明，妳可能以
為跳樓是一瞬間的事情，但其
實未必，此時萬一還有一口氣
在，妳會全身劇烈疼痛，

將承受2至3分鐘的神經暫流
現象帶來的痛覺，而萬一摔
在玻璃、陽台、鐵絲網等的
緩衝物上，那疼痛程度絕對
超乎想像，妳還會看見自己
的內臟以及——

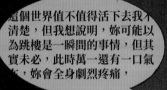

後來對方就放棄
跳樓這個選項了。

由你來解說恐懼
真的很生動……

栩栩如生

6

▼實習生

多慮了

我也不想但因為你臉太露了

謝謝

比較在意這件事

我明明長得算帥吧？

被稱作榕哥的原因

忍不住自我讚嘆

現在市面上有很多聯誼相親活動，報名資格的限制都不同，甚至男女的審核方式也不一樣。

例如有收入上的審核，年齡上男女的範圍差距也不同，

有夠像面試。

但夢娜姊參加的聯誼活動，是不論男女在年紀、收入、職業等都同樣標準的。

會是誰面試誰，那就是看誰的興趣比較多了。

確認一下妳叫蔡家芬嗎？

對，但可以叫我夢娜～

夢娜在 OZ 上班好酷喔！

而且還是經紀人。

『快狠準』和『東東日文』好像是妳們公司的！

你很了解耶，剛好這兩位都是我負責的喔。

才第一個人就被我的魅力給迷倒了嗎？呵……

那個、

我一直很有興趣做 YT，有經營自己的頻道，

可以給妳看看嗎？

……

真的面試

守護未來人類的自然美，從他們做起

到底為什麼呢

講究公平

8

即使如此，
我卻還是
好想結婚啊。

而我想結婚的理由也
只是不想被當成剩女，
真恨如此不爭氣的我。

妳就是把那些話
當一回事，
助長這個風氣。

沒辦法啊！
妳長這樣未婚，
別人會覺得妳很挑。

我長這樣不婚，
只會被當成是嫁不掉。

未必吧，
我應該會被冠上
『八成是個性有缺陷』
的關係。

……不過這
的確是事實。

不要理直氣壯
地承認。

無法反駁

唉，妳覺得我很沒用吧。

不會啊，很坦率地表明自己想要什麼，我覺得挺好的。

假裝不想要還比較煩，拖累我們這種真心不要的也被當成在逞強。

妳只是想要一個讓人羨慕的人生勝利組藍圖。

工作與愛情之間，明明就秒選工作的人，

否則妳男友也不會因為寂寞就找人約炮。

即使是虛榮心作祟也無所謂，想要就去追求，

總比明明想要卻不敢追求，反過來去酸別人步入婚姻多不好。

但不管妳是怎麼想，我覺得妳現在就很好了。

妳在對我說心靈雞湯嗎？

太過震驚而忘了感動

思考著自己的作品會不會成為學弟的啟蒙

無心插柳柳成蔭

理論上沒有說謊

4

這次想嘗試高深莫測的題材……

聽起來好酷！像是怎樣呢？

主角兩人從相遇那刻起，即展開命運的攻防戰，

猜測彼此的想法，看穿對方的伎倆，

看誰先深陷其中就輸了……！

我也很喜歡看懸疑題材！

這類型的舞台劇很有趣！

沒有我是要寫戀愛題材。

學姊對戀愛是不是有什麼誤解。

愛情是一個難以捉摸的東西

5

你知道最適合在戀愛題材裡出現的職業是什麼嗎？

我可是有用心做研究的，

霸道總裁？

才不是～

而且霸道總裁很多行為在現實中可是性騷擾。

也是……但戀愛故事本來就很多幻想成分不是嗎？

我想描述寫實路線的。

擬定最完美的交流策略以增加對方的信任感，

戀愛是要適時讀出對方的心思，

無聲無息地滲透到對方的生活中！

所以最適合談戀愛的職業設定應該是——

間諜！

這個職業才最不現實吧。

大錯特錯卻莫名有說服力

有 20% 的人，想戀愛卻找不到對象而煩惱，

到底為何要自尋煩惱？

因為會寂寞吧？

那又為什麼會覺得寂寞？

明明每天有很多事情可以享受，

卻要被『有人愛才有價值』的框架限制著……

比起一生追求熱愛一個人，

不如追求熱愛自己的生活。

學姊說得很有道理呢……！

即使是戀愛高手，間諜也是孤獨的。

不要再提間諜了。

執著於間諜的編劇

剛好有學長姊找我演出一個小角色，也是戀愛題材的劇本。

那不就剛好可以吸收經驗！

學姊說在研究商業方向，所以劇情比較通俗一點。

老套就是經典啊！我很愛偶像劇！會是初戀或三角戀的設定嗎？

我飾演的女配角是——

是一位喜歡上渣男的女人，對方三番兩次劈腿，

她還是不離不棄，直到有一天把渣男亂刀砍死。

聽起來是驚悚劇本吧。

資訊量很龐大

個性使然

不能相提並論

2

榕哥，如果我們現在需要偽裝成酒店小姐當臥底，也沒辦法派妳執行耶。

為什麼案件非得是女裝設定……

新人！
換你戴看看！

喔，好啊～

如何～～？

等等……
怎麼好像有點可愛!?

出乎意料

3

師傅～～～～！
我可愛嗎？

不可愛。

實習生
剛來所裡一個月
的新人。

新人的師傅
負責帶他的前輩。

靖哥！
這個偽裝術
你來評幾分？

就說不會扮女裝好嗎？
直接讓女警去
不就得了……

啊，怎可以在
經驗豐富的師傅
面前班門弄斧，

我的態度
太自以為是了！

師傅，放心！
依你的身高
扮女裝絕對完美，
沒人可以超越！

你找死嗎？

169cm

謙卑的心

水鬼心態

不願面對現實

8

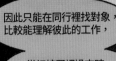

有眼不識泰山

此經非彼經

驚不驚喜，意不意外

12

話說當警察有幫你克服恐懼嗎？

嗯，所謂不入虎穴焉得虎子，

直接面對恐懼非常有用。

我現在可以看昆蟲圖鑑、用 VR 走鋼索、燈全暗看鬼片喔！

須保持距離

挑戰三樓高度

只能看 10 分鐘

喔……

原本連這程度都做不到嗎……

你是天生就怕這些嗎？

好像有記憶以來就滿怕的。

我爸為了幫我克服恐懼，常常對我訓練。

扮鬼

成～帝～

抓蟲

你看是毛毛蟲。

丟高高

你確定他不是單純想惡作劇。

哈哈哈好玩嗎？

真・不入虎穴焉得虎子

13

我爸是一個強壯高大的人，

小時候可以輕鬆同時抱起我跟媽媽，

而且不只是身體，個性也很可靠，永遠充滿活力。

那你爸沒有害怕的事情嗎？

嗯……

大概只有怕惹媽媽生氣。

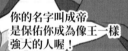

從小他就喜歡帶我挑戰很多事物，

讓我知道自己有無限可能，

你的名字叫成帝是保佑你成為像王一樣強大的人喔！

但在我心裡爸爸比王還強大。

因為他是個連死亡都不畏懼的人。

最景仰之人

如果爸爸必須去很遠的地方，

你就是家裡唯一的男生，

要好好照顧媽媽喔。

之後，

爸爸就如他說的去了很遠的地方。

媽媽一個人為了照顧我，

非常辛苦，

所以我很希望自己能快點長大……

快點成為像爸爸一樣強大的人，

來守護媽媽。

信念的緣由

心領了

以為誤會的誤會

成帝 10 歲

先發制人

3

好喜歡過年喔～～
回家躺著就
有好料可以吃。

妳是領紅包的
當然喜歡。

領紅包

包紅包

變成大人後
過年就是一個破財和
被親戚們騷擾的節日。

堂姊，
今年我們也跟往年一樣
不發紅包給小孩喔。

OK呀，畢竟妳們
也不打算生，
這樣公平。

思彤阿姨很窮嗎，
每次都不給紅包！

喂！你怎可以
說話沒禮貌！

我賺很多啊，
但為何要分你？

我們不過就一年見一次面
的關係，你這小鬼憑什麼
覺得拿我的紅包理所當然。

紅包就是給小孩的
平安祝福嘛！

對嘛對嘛！
二姊都不在乎
我們平安嗎！

想健康平安就
多吃蔬果多運動，
這不是紅包能解決的，

然後小瑜我就來等2年
後妳的立場會變如何。

少跟著起鬨

98

孺子可教

5

思彤妳很不成熟耶，跟小孩一般見識。

我在提早教他做人。

才幾歲教什麼鬼，

童言無忌，妳不能展現身為阿姨親切的一面嗎？

幸好本宅涉獵很廣，可以跟他們聊卡通。

嗯～很好～就交給妳了。

小誠～你有看《天竺鼠車車》嗎？
* 兒童向的作品

那個很幼稚無聊耶！小瑜阿姨都幾歲了？

你懂什麼！你眼光才差好嗎！

而且那個作品的受眾明明是你這年紀的！嫌個屁!!

說好的親切呢？

五十步笑百步

立場相反

7

爸爸真的
好想妳們喔……

我知道妳們
平時很忙，
無法常常回家，

但沒關係，
爸爸想妳們的時候
就會看看照片。

思榕小時候
最喜歡的籃球，

以前每天下課
都在練球。

還有思彤
常穿的洋裝，

每次穿這套
都要我幫她拍照。

思瑜的全家福畫，
當時還得意洋洋地
給我看呢……

我還布置了
思念妳們的專區喔！

爸，我們三個
都還活著。

睹物思情

8

叔叔是怎麼
愛上叔母的？

你們感情好好
看了很羨慕。

我們都很愛看電影
所以很聊得來，

初次約會是一起
去看兩人都期待
已久的電影——

為什麼——

是這樣——

哈哈哈真的

要聊天就滾出去。

抱歉……

女神……

陷入愛河
的點？

爸，我懂!!!!
我懂你!!!!!!

電影院裡聊天的人必須死

不是稱讚的意思

可能心跳就直接停止

在外人模人樣，在家一副鬼樣

4

青荳，聽說你辭去電視台的工作，到 YT 經紀公司上班嗎？

你原本待的電視台很知名耶。

他們已不打算製作新節目，

待著也沒意思。

唉，想到就覺得可悲……

台灣電視台比不過 YouTube。

一堆有的沒的素人影片，收視可能都比電視台好。

周哥……

你臉上的痘痘要用保濕型面膜搭配 A2 的精華液來改善。

蛤？什麼？

……沒、沒事。

職業病

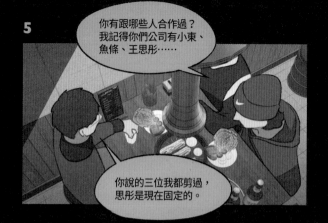

對網紅的偏見

青葒 5 歲，姊姊 10 歲

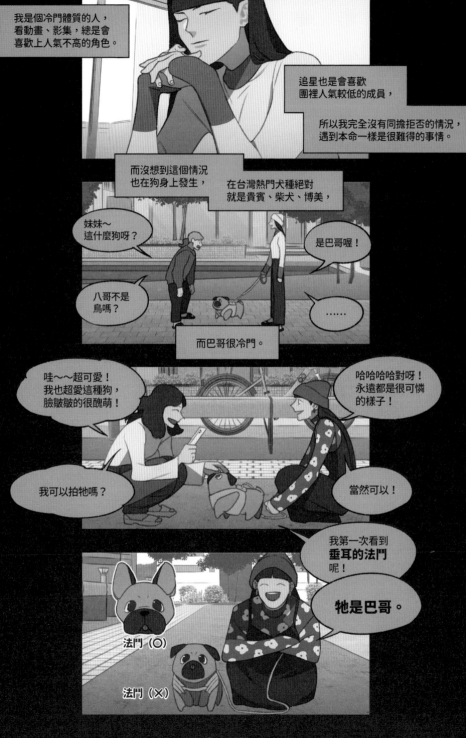

到底多認不出來

人貓有別

6

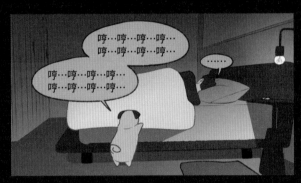

得寸進尺

姊姊的再次關心

不能擬人

潑冷水大師

瞭若指掌

通用

盲目溺愛

好好說話

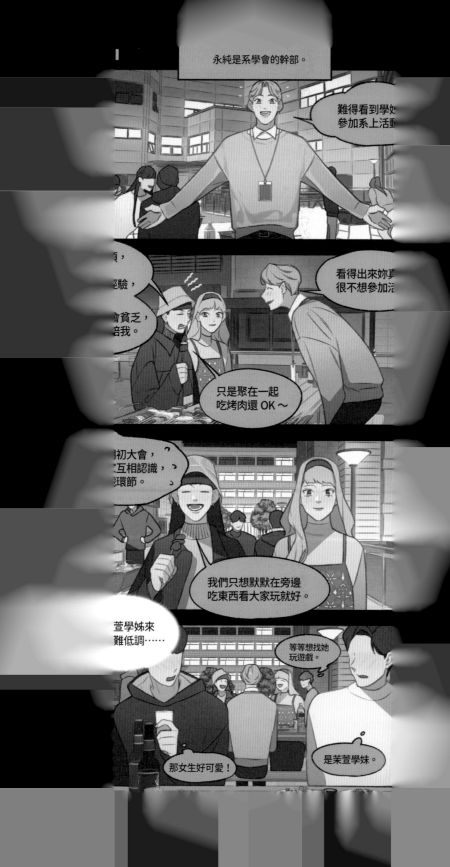

2

學姊平常參加這種聚會都怎麼取材？

就純粹記錄體驗而已，想說哪天想要寫校園題材時，

如果不知道活動流程會很難下筆。

為了多收集素材，會去嘗試各種體驗，

就像如果需要描寫玩咖角色，即使對夜店沒興趣也會去一次看看……

感動……

學姊好認真！想幫助學姊得到更多有用資訊！

逃生出口是那邊，

這是我們準備食材的地方。

你跟我們導覽這些幹嘛？

想說妳可能會想寫：在大學迎新遇上疆屍入侵後開始逃亡的故事。

聽起來超有趣的耶！

好創新！只想到描繪青春校園路線的我，好慚愧……

開始了解學姊思維的學弟

學姊畢業後要去哪裡就職？

透過認識的人介紹，會到劇團工作

你們呢？馬上就要大四了，有想好出路了嗎？

我想往影視發展。

劇團裡有影視出身的前輩，也許知道一些職缺消息要幫妳問問？可以加賴有消息跟妳說。

當然好呀！

那學姊我掃妳的 QRcode

好。

加好了！

學姊人真的好好！優秀又熱心提攜後輩⋯⋯

能力、才華樣樣俱備，每次面對這麼耀眼的學姊，

我都會忍不住假掰起來，想裝作文藝青年。

王小瑜

這個貓耳男生的頭貼是妳嗎？

⋯⋯

⋯⋯是的。

完全忘記昨天把頭像換成偶像照片這件事

HP
−10000

社會性死亡

我流的羞恥標準

捨身相救換來誤會的男子

6

不值得一提

彷彿在比武招親

重點不同

2

何柔伊是一位創作型歌手，出道 15 年，知名度是家喻戶曉等級的。

時常以自身經歷來寫歌，歌曲都非常有感情，

這次的專輯是送給自己 30 代最後的作品。

30 代的我，經歷了結婚、生子、離婚，人生能體驗的事，不論好的壞的我都經歷了，

因此我將這段旅程寫成歌。

有聽過一個說法，

創作就像一面鏡子，會投射出自己的內心。

我倒不認為——

畢竟也有渣男寫得出暢銷專情情歌呀～

不好意思，剛剛那句話麻煩別放進去!!

她是在偷臭前夫嗎？

......

柔伊的經紀人

已覺得不妙預感工作量會增加兩倍

實話實說

好那我們這期的『彤言彤語』呢，要來聊如何辨識渣男，

消毒開場白

當然這世上也有渣女，但這集是討論 IG 上粉絲分享遇到渣男的經驗，

之前也聊過如何辨識綠茶婊，可以按右上角去看喔～

大家仔細觀察會發現是有跡可尋的，渣男形態百百種，

但有個共同點就是，自卑卻又想裝有自信，因此會特別自滿。

縱使看似光鮮亮麗，內心一定有自卑之處必須到處拈花惹草，

藉由被愛上來證明自己的魅力，所以他們同時也是自戀，只在乎自己。

沒自信的渣男，會故意悄悄地貶低另一半，

營造出雖然妳不完美但我還是愛妳喔～除了我沒有人會這麼愛妳。

這行為就是在 PUA，拿別人的短處來說嘴，強調年紀大、身材普通，

制止他還會說開玩笑的啦～沒幽默感耶。

這麼愛開玩笑去說相聲啊？

渣男

好笑嗎？

敢開就給我好笑啊

接受自己

完全沒在控場

不曾擁有就不會有傷害

剪了好幾天

蛋糕
驚喜。

但由方
的廚藝

飯。

羔的過程
禑嗎？

呃⋯⋯思榕的二妹
好像是 youtuber ？

羨慕！子靖哥
可以見到思彤！

是頻道影片嗎？

麻煩避開我的臉
或是打碼。

為了
我媽看，

味道很正常的話，
她會懷疑我們是
直接買現成的。

喔喔對耶！
好險二姊妳有想到！
不然我們就白辛苦了！

自知之明

沒有藉口

距離變更遠了

高峰等級

6

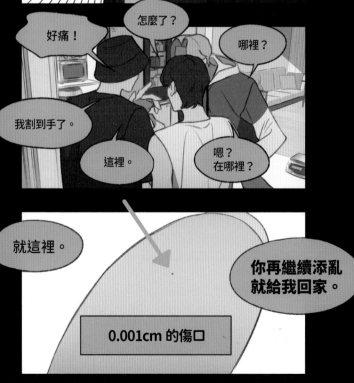

反效果

想被蓋布袋是吧

…今天思榕看我的眼神好像怪怪的

要七月囉☆

樓上屋主是我朋友
他去年移居國外，房子打算出租，
離開時把鑰匙交給我幫他管理，

但他沒有積極找房客，
所以目前都沒人來租。

……為什麼
張哥不自己處理？

當然是
因為我怕鬼啊。

loading

你們倆是所裡
最大膽的人，

所以才想拜託你們
幫我看一下是不是
真的有狀況。

再不解決，
我房客就要搬走了。

看成帝已經
嚇壞了……

我來開口
推掉好了。

不好意思，張哥，
這件事我們可能
不太方便幫忙……

我請你們吃
一個禮拜的午餐。

**沒問題，
交給我們。**

小事一件

令人困擾的貼心

4

喔，
有床墊欸。

太好了有地方睡，
你要床還是
客廳的沙發？

都可以。

還以為他會因為
害怕想一起睡。

好，那我選床。

……你不是
要睡沙發嗎？

我是看妳想睡哪裡
都可以配合。

形影不離

理想

呂成帝，28歲，卒

7

你們怎麼進來的？

用鑰匙開門進來的。

怎麼會有鑰匙？

住在這裡的叔叔給我們的。

（被移動到桌上）

他為什麼給你？

每次和爸爸吵架，就會來這邊，叔叔會陪我們玩，做東西給我們吃。

他要去國外時，說如果還沒有人來住，可以把這裡當祕密基地。

那你們和爸爸吵什麼？

他常常不守信用說話不算話，

自己就愛說謊憑什麼當警察。

信用

我的爸爸；人民的警察

親人的理解

二次死亡

後來連續作惡夢一個月

掃興的真相

現在是大三下學期，

為了畢業製作能有機會用自己的劇本演出，

打算提早開始寫畢製的劇本，

而指導老師的選擇也非常重要，好的老師等於是職涯貴人。

然而我們學校的老師，雖然作品都很優秀——

喜歡貶低學生型

感受力這麼差，我看你們不適合走這行。

主觀控制欲強型

走兩步蹲下來，

接著哭。

但個性非常主觀強勢。

會傾聽學生想法的老師，是稀世珍寶。

寫得很不錯，

這篇應該可以發展下去。

像編劇課的楚老師人就很好，唯一的問題——

高潮的地方需要像這幅畫一樣！

是不是有感受到那個張力！

就照那樣改！

他的反饋需要通靈才能懂。

過於抽象

通靈王

楚老師既然能寫出《絕命心理師》這樣的好劇本，

絕命心理師的主角
靠著很高的洞察力與知識解決許多案件。

他一定有跟主角一樣細膩敏銳的部分！

老師，你衣服好像穿反了？

真的耶!?

同學，妳嘴沒擦乾淨油油的。

這是護唇膏。

哇啊——踩到大便了!!

不可思議

同人腐女的職業病

楚老師，畢業製作
我想自己寫原創劇本
你能協助我嗎？

妳有找好組
別了嗎？

我打算完成劇本後，
向其他同學毛遂自薦。

很有熱忱呢～
但畢製攸關個人學業，
很少採用學生劇本喔。

對導演和演員的同學
來說，因為熟悉經典
劇本比較好發揮，

而多數老師
也偏好經典劇本，

雖然對主修編劇
的學生不公平，

但系上風氣
一直都是如此。

我能理解，
畢竟舞台是
屬於大家的，

所以不要緊。

即使最後劇本不採用
起碼我嘗試過了，
不會有遺憾，

所以還是
想挑戰看看。

全力以赴

真的不挑戰寫看看驚悚故事嗎？

Bonus Tracks:
情人節特集

免費最香

真 · 霸凌

只是不想輸

不好意思☆

師傅最高

每年慣例

大家
晚安呀～

『思彤今天沒
有約會嗎？』

沒有呀，
和大家一起過。

『情人節
好寂寞～』

這節日不過就是商人
的策略，不用在意的。

勇皓　勇皓　　　$5,200.00
認同思彤説的！！！是商人的計謀！

林安　林安　彤彤今天也好美～～～

L　Liz　美女要天天快樂

A　Aennn wen　$1,690.00

今日直播收入上萬

漁翁得利

今天直播的
收益超好！

情人節
太棒啦～！

還以為妳
恢復單身後，

會不喜歡
過情人節。

完全沒差～

因為就算有男友時
也沒在過啊，
那個人跟死了沒兩樣。

情人節根本是
製造焦慮的節日。

人類真辛苦

CP 紅娘的大活動

呼……
嚇一跳……

還以為是學姊
那天有約會呢。

喔，有啊。

什麼！

學姊
果然有──

我們參加了 CP 茶會，
整個很期待呢！

單身腐女的情人節也很忙呢

羞恥而死

PaperFilm FC2089

三個不結婚的女人
Three Unmarried Women

Copyright © 2023 Gamania, Rishiazao.
Trade Paperback edition published by Faces Publications, a division of Cite Publishing Ltd, Taiwan.

作者：日下棗
連載編輯：譚順心、鄧湘怡 / 責任編輯：陳雨柔、謝至平 / 裝幀設計：馮議徹 / 行銷企劃：陳彩玉、林詩玟
副總編輯：陳雨柔 / 編輯總監：劉麗真 / 事業群總經理：謝至平 / 發行人：何飛鵬

出版：臉譜出版
台北市南港區昆陽街16號4樓
電話：886-2-25000888 傳真：886-2-25001951

發行：英屬蓋曼群島商家庭傳媒股份有限公司城邦分公司
台北市南港區昆陽街16號8樓
客服專線：02-25007718；25007719 / 24小時傳真專線：02-25001990；25001991
服務時間：週一至週五上午09:30-12:00；下午13:30-17:00
劃撥帳號：19863813 戶名：書虫股份有限公司
讀者服務信箱：service@readingclub.com.tw
城邦網址：http://www.cite.com.tw

香港發行：城邦(香港)出版集團有限公司
香港九龍土瓜灣土瓜灣道86號順聯工業大廈6樓A室
電話：852-25086231 傳真：852-25789337 讀者服務信箱：hkcite@biznetvigator.com

馬新發行：城邦(馬新)出版集團 Cite (M) Sdn Bhd. (458372U)
41-3, Jalan Radin Anum, Bandar Baru Sri Petaling, 57000 Kuala Lumpur, Malaysia.
電話：+6(03) 90563833 傳真：+6(03) 90576622 讀者服務信箱：services@cite.my

一版一刷 2024年1月 / 一版四刷 2024年7月

本書獲文化部獎勵創作